Retrouvez les petits chats sur : www.les-petits-chats.com, et venez aussi visiter notre site internet : www.balivernes.com.

« Le chat Piteau » - ISBN : 978-2-35067-098-0

Loi n°49-956 du 16 juillet 1949 sur les publications destinées à la jeunesse, modifiée par la loi n°2011-525 du 17 mai 2011.
Dépôt légal : Septembre 2014 - Imprimé par Proost en Belgique.

Le chat Piteau

Texte de Stéphanie Dunand-Pallaz
Illustrations de Sophie Turrel

Balivernes Éditions

Il était une fois un chaton malicieux,
toujours de bonne humeur, agité et joyeux.
Il s'amusait de tout, petit clown rigolo !
Ce sacré zigoto, c'était le chat Piteau.

Magicien habile, il sortait de sa casquette
de baveux escargots et de jolies rainettes.

Devant tous ses copains, il créait l'illusion
en faisant disparaître caramels et bonbons.

Il s'exerçait à jongler avec toutes sortes d'objets :
des quilles, des poêles à frire, parfois même des œufs frais.

Un jour qu'il essayait d'épater une minette,
il reçut sur la tête une grosse omelette !

Il aimait enchaîner sauts et acrobaties,
bondir de branche en branche, comme les ouistitis !

Sur le chemin de l'école, il inventait des pirouettes
et arrivait en classe couvert de paquerettes.

Quand la maîtresse avait le dos tourné,
il mélangeait grimaces et bruitages variés.

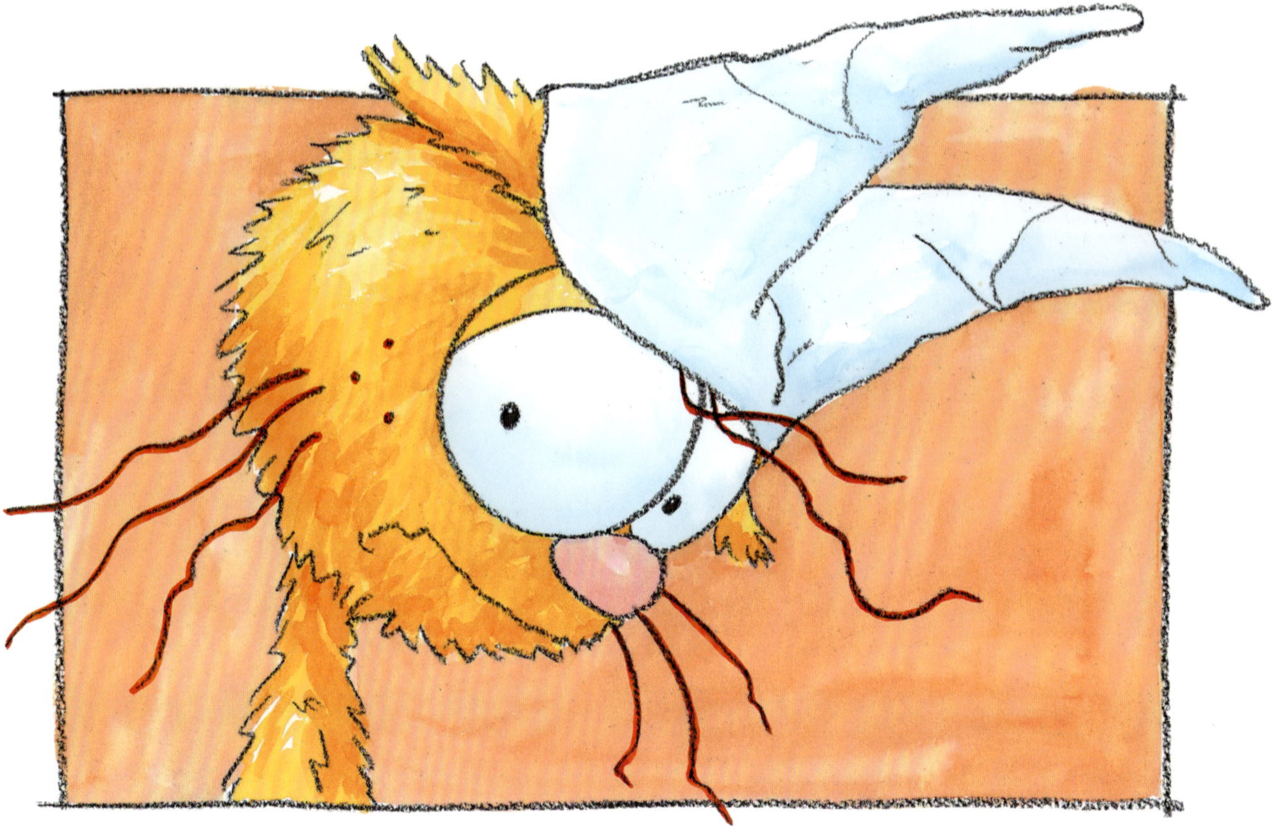

Il imitait la mouche, le canard qui cancane,
et finissait au coin avec un bonnet d'âne.

Un jour, le chat Piteau
rentra chez lui, émerveillé :

sur la place du marché, le cirque
ARLETTE GUGUSS
venait de s'installer.

Il avait vu des ours, des tigres,
des éléphants,
et le grand « Zapapatte »,
un artiste épatant !

Il avait visité les coulisses, les roulottes,
essayé des chapeaux et de belles redingotes.
Sur la piste aux étoiles, il avait fait un vœu :
il voulait être clown, rendre les gens heureux !

ZAPAPATTE
CIRCUS

Mais ce projet, hélas, n'enchanta pas ses parents.
« Tu es devenu fou ! C'est A-BRA-CHAT-DA-BRANT ! »

Ils souhaitaient que leur fils devienne un grand docteur,
un célèbre avocat ou bien un ingénieur...

Ils lui interdirent donc de retourner là-bas :
« Apprends un vrai métier, c'est beaucoup mieux pour toi ! ».

De ce jour, notre ami promit de travailler
et resta le museau collé à ses cahiers.

Ses parents ne virent pas, caché dans ses classeurs,
le livre d'histoires drôles qu'il apprenait par cœur...

Car, en catimini, chaque soir, le chat Piteau
s'attardait au cirque pour apprendre un numéro.
Sous sa perruque frisée et son déguisement,
il répétait des tours et des gags hilarants.

ACROCHATTE

Prodige de la voltige, as de la grimace,
le chaton sentit qu'il avait trouvé sa place.

Toute la troupe, charmée, applaudissait à pleines pattes
les fabuleux progrès de ce clown-acrobate.

Il ne parlait jamais de cirque à la maison,
ses parents le croyaient revenu à la raison.
Ils ne se doutaient pas que le petit futé
cachait un nez de clown dans sa trousse d'écolier.

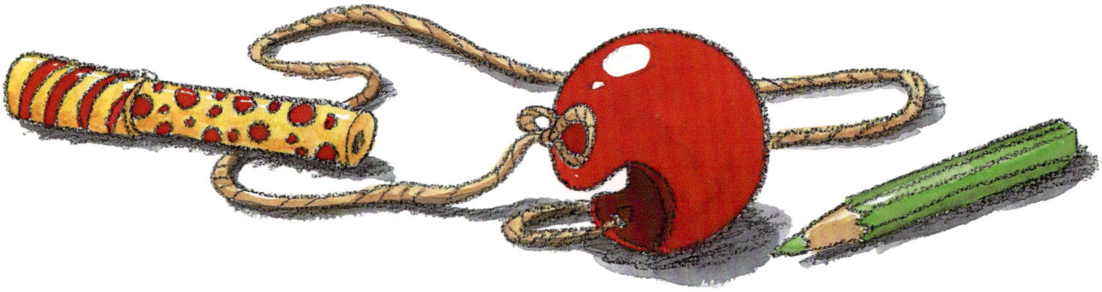

OZAPAPATTED

Un soir, comme il ne rentrait pas,
ses parents très inquiets le cherchèrent, mais voilà...

Il n'y avait personne, pas un chat dans les rues !
Ils coururent vite au cirque où tous s'étaient rendus.

Au moment où les clowns arrivèrent sur la piste,
ils reconnurent leur fils... et ses talents d'artiste !

Car le public enjoué lui criait des « Hourras ! »
et applaudissait fort en riant aux éclats.

Cette histoire fit comprendre aux parents du minet
que donner le sourire est un très beau métier
et qu'il est merveilleux de pouvoir, dans sa vie,
faire les choses dont on rêve quand on est tout petit !

Arlette GUGUSS
Cirque
& ZAPAPATTE